Unsere Kinderbuch-Klassiker
herausgegeben von Elmar Faber und Konrad Reich

Alfred Wellm

Karlchen Duckdich

Die Bilder malte Werner Klemke

OSTDEUTSCHE ZEITUNGSVERLAGE
IN KOOPERATION MIT
FABER & FABER

Die Edition erscheint im Auftrag ostdeutscher Zeitungsverlage:

Dresdner Neueste Nachrichten

Freies Wort

Lausitzer Rundschau

Leipziger Volkszeitung

Märkische Allgemeine

Märkische Oderzeitung

Mitteldeutsche Zeitung

Nordkurier

Ostsee-Zeitung

Ostthüringer Zeitung

Sächsische Zeitung

Südthüringer Zeitung

Thüringer Allgemeine

Thüringische Landeszeitung

Volksstimme

Zeitungsverlag Schwerin

Die Erstauflage erschien im Kinderbuchverlag Berlin 1977
Reihengestaltung Frank Eilenberger
Layout und Herstellung atelier eilenberger, Leipzig
Druck Klingenberg Buchkunst Leipzig
Bindung Kunst- und Verlagsbuchbinderei, Leipzig
Printed in Germany
ISBN (10) 3-86730-003-8
ISBN (13) 978-3-86730-003-2

www.unsere-kinderbuch-klassiker.de

Für Anna

Karlchen Duckdich stand auf der Straße und dachte:

Wenn du eine Schwalbe wärst, so würdest du nach Groß-Vierfelde fliegen. Du würdest um die schwarze Scheune segeln, und du würdest dich vor

Großmutter Zumka, genau vor ihrem Fenster, auf den dünnen Telefondraht setzen. Und Großmutter Zumka würde auf der kleinen Wandbank sitzen, und die Augen würden blinzeln, und sie würde sagen: Ach, Schwälbchen, sag, wo kommst du her? Und ich, ich würde sagen: Nein, Großmutter Zumka, ich bin kein Schwälbchen. Ich bin zwar über sieben Berge geflogen und über sieben Wälder und über sieben Städte, doch ich bin das Karlchen. Aber sie nennen mich hier alle Karlchen Duckdich.

Er stand an der Straße und wartete, bis die Autos vorbeigefahren waren, dann ging er auf die andere Seite. Aber er ging vorsichtig und sah nach

links und rechts; denn er hatte seine kleine Schwester an der Hand, die Kristina hieß und ein unachtsames Mädchen war.
Die andere Hand hielt er in der Hosentasche, in der er eine Trillerpfeife und eine Schachtel mit zwei Angelhaken hatte. Er war ein bisschen wütend auf Kristina, da sie sich immer von ihm ziehen ließ. Und sie quälte ihn mit ihren Fragen.
»Guten Morgen!«, sagte Karlchen Duckdich. »Guten Morgen!«
Er grüßte jeden, der an ihnen vorüberging – so wie man es in Groß-Vierfelde tat. Doch es waren viele Menschen auf der Straße. Und sie waren alle sehr in Eile. Und sie hörten wohl auch nicht, dass er sie grüßte.
»Gehen wir wieder in die Donamitenstraße?«, fragte ihn das Mädchen.
»Es heißt nicht Donamitenstraße, sondern Dolomitenstraße«, sagte Karlchen Duckdich. Er wandte sich nach rechts und sagte »Guten Morgen!«
»Sag, Karlchen, dass wir in die Dolomitenstraße gehen.«
»Ja«, sagte Karlchen Duckdich, um das Mädchen zu beruhigen. »Und nun halt endlich deinen Mund.«
Aber das Mädchen, da es erst fünf Jahre war, konnte noch nicht still sein, und es wollte nun auch gerne wissen, warum die Dolomitenstraße Dolomitenstraße hieß.
»Lass mich in Ruhe!«, schrie er. »Kannst du nicht einmal artig sein!« Er schrie so laut, da er es selbst nicht wusste.
Später besann er sich, und er dachte daran, dass sie noch ein kleines Mädchen war und dass man die Fragen der kleinen Kinder immer beantworten müsste, und er sagte: »Also hör zu, Kristina. Es ist nämlich, weil früher und vor hundert Jahren ein König in der Straße wohnte. Und dieser König, der hieß Dolomiten. Also nannten sie die Straße Dolomitenstraße.«
Das gefiel dem Mädchen, und es wollte nun mehr über den König wissen. Und es fragte, ob der Dolomitenkönig eine Königstochter hatte. Und ei-

nen Königssohn. Und ob der König, wenn er durch die Straße fuhr, auch freundlich zu den Menschen grüßte.
»Du sollst jetzt still sein«, sagte Karlchen Duckdich. Und da er wieder wütend wurde, riss er das Mädchen an der Hand. »Du meine Güte!«, schimpfte er. »Ich sag dir das zum letzten Mal!«
Danach schwieg das Mädchen, und Karlchen Duckdich hörte, wie es leise für sich weinte.
Ein Mann ging dicht vorüber, der einen Schäferhund an der Leine führte, und Karlchen Duckdich sagte »Guten Morgen!« Der Schäferhund war braun und hatte einen schwarzen Rücken. Er ging dicht neben dem alten Mann und blieb immer auf der rechten Seite.
Später dachte Karlchen Duckdich selbst über jenen Straßennamen nach, und er sagte sich, dass dieser Dolomiten vielleicht gar kein König war.

Nein, und vielleicht war er viel eher ein Erfinder, dachte er. Und er hat das Straßenlicht erfunden. Oder die großen Fensterscheiben. Oder er hat die gelben Briefkästen erfunden. Irgend etwas wird er schon erfunden haben. Es tat ihm leid, da Kristina weinte und ihn nicht mehr fragte, und er sagte darum: »Natürlich war der Dolomiten ein sehr großer König.« Und wenn er durch die Straße fuhr, so hätte er acht Rappen vorgespannt. Und er grüßte freundlich, wenn die Menschen zu ihm winkten. Er beschrieb den König und die weiße Königskutsche, die goldene Räder hatte. Und er erklärte, wie es ausgesehen hätte, wenn der dicke König in der Königskutsche saß und zu den Menschen nickte. Danach beschrieb er seine Königs-

krone. »Aber der König war nicht immer freundlich«, sagte Karlchen Duckdich.

»Und er hatte eine Königstochter?« »Ja, auch eine Königstochter.«

»Und er hatte auch ein Königsschloss?« »Ja, er hatte auch ein Königsschloss.«

Während sie so sprachen, wandte sich der Junge oft nach links und rechts und sagte »Guten Morgen!«.

Vielleicht, so dachte er, sollten wir immer weiter gehen, bis an das letzte Haus, denn eigentlich ist es nicht möglich, dass eine Stadt kein Ende hat. Sie gingen bis an ein Schuhgeschäft. Dann aber bogen sie links in die Straße ein.

2

Sie gingen auch heute wieder zu dem Laden, in dessen Fenster die drei Frauen standen. Sie standen immer dort, und immer in der gleichen Weise. Sie blickten freundlich auf die Straße. Und sie waren sehr schön. Und sie hatten sehr viel Zeit. Und Karlchen Duckdich mochte ganz besonders jene dritte Frau, da sie den Kopf ein wenig neigte, während sie zu ihnen auf die Straße sah.
»Aber in Wirklichkeit, Karlchen, sind es gar keine richtigen Menschen?«
Und Karlchen Duckdich nickte.
»Denn wenn es richtige Menschen wären, dann könnten sie auch sprechen.«
»Gewiss, dann könnten sie auch sprechen.« »Und sie könnten sich dann auch bewegen.«
»Gewiss, dann könnten sie sich auch bewegen.«
Nein, richtige Menschen waren es nun ganz und gar nicht. Und für so dumm sollte man sie auch nicht halten, dass sie sich betrügen ließen. Zwar sah es sehr natürlich aus, wie sie da standen und die Hände hielten. Und man glaubte fast, dass sie auch alles sahen. Und dass sie jedes Wort verstehen konnten, das man vor ihrem Fenster sprach. Nein, es waren keine Menschen, das stand nun einmal fest.
Hierüber redeten die Kinder. Aber danach war das Mädchen wieder still, und dann fragte es sehr leise: »Glaubst du, Karlchen, dass man sie verzaubert hat?«
Manchmal war es plötzlich anders, und Karlchen Duckdich mochte es, wenn seine Schwester ihn etwas fragte. Er konnte sich das nicht erklären, aber es berührte ihn auf einmal. Und dann war er einen Augenblick sehr froh darüber, dass er mit seiner Schwester stand und ihre kleine Hand festhielt, die immer etwas schwitzig war.
»Ja, Kristina«, sagte er und machte eine Pause», es könnte vielleicht sein, dass sie jemand verzaubert hat.«

Nun redeten sie über diese Möglichkeit.

Später gingen sie in die Dolomitenstraße, obwohl der Junge es sich geschworen hatte, nie wieder zu den Kindern in die Dolomitenstraße zu gehen.

3

Die Häuser sind hier kleiner, aber sie sind auch sehr groß. Und sie stehen eng beieinander, dass man nicht einen Finger zwischen sie stecken könnte. Doch jedes Haus hat einen Laden. Über dem Bürgersteig hing eine viereckige Uhr, und die Kinder gingen unter ihr hindurch. Es war drei Minuten nach halb neun.

»Guten Morgen!«, sagte Karlchen Duckdich, denn auch hier grüßte er die Menschen.

»Karlchen«, fragte ihn das Mädchen, »ob es die größte Uhr ist auf der ganzen Welt?«

»Du sollst nicht immer Karlchen zu mir sagen«, sagte der Junge, denn er dachte, dass dies die Kinder aus der Dolomitenstraße hören könnten.

Aber sie blieben nun stehen und betrachteten die Uhr. Dann sahen sie deutlich, wie der große Zeiger ein Stückchen sprang. Sie warteten. Und dann sahen sie es noch einmal. Es war jedes Mal nur ein Stückchen, doch sie waren darüber verwundert, und sie warteten, bis der Zeiger wieder springen würde.

»Sag, ob es die größte Uhr ist auf der Welt.«

»Ja«, sagte Karlchen Duckdich, und er tat, als wüsste er das nun genau. »Es ist die größte auf der ganzen Welt.«

Sie gingen auch heute wieder zu der Stelle, wo die Dolomitenstraße einen Bogen machte. Dort stand ein Zeitungskiosk. Eine Laube, wie die Kinder sie in einer Stadt gar nicht vermutet hatten. Rings um das kleine Haus hingen Zeitungen und Illustrierte, die mit Wäscheklammern an einer Schnur befestigt waren.

Es war ein Kommen und Gehen vor dem Kiosk. Hinter den Zeitungsstapeln sah man den Kopf einer dicken Frau, und man hörte, wie sie die Geldstücke in einen Wassereimer warf. Aber es war nirgendwo ein Kind zu sehen.

Das Mädchen, während sie durch die Dolomitenstraße gingen, hatte sich alle Häuser angesehen; denn es hätte gern herausbekommen, in welchem Haus der Dolomitenkönig wohnte. »Oder hatte er kein Königsschloss?«
»Natürlich hatte er ein Königsschloss«, sagte Karlchen Duckdich. Doch so sehr er sich auch drehte, auch er sah nicht ein Haus, das ein paar Türme auf dem Dache hatte.
Später standen sie wieder bei dem Zeitungskiosk, denn sie mochten diese kleine Laube. Sie redeten, und sie betrachteten die Bilder in den illustrierten Zeitungen.
Aber Karlchen Duckdich blickte oft zur anderen Straßenseite. Dort war ein Loch in der Häuserreihe; denn ein Haus war abgerissen. Statt dessen

war dort nur ein Bretterzaun. Die Türe war verschlossen, und auf einem Schild stand DAS BETRETEN IST VERBOTEN. Der Zaun war grün gestrichen.
»Warum gibt es nur so viele Zeitungen?«, fragte das Mädchen.
»Es muss so viele geben«, erklärte Karlchen Duckdich, »nämlich weil es so viele Länder auf der Erde gibt.«
Danach öffnete sich ein kleines Fenster, und die dicke Frau steckte ihren Kopf heraus. »Ihr beide da, nun macht man, dass ihr weiterkommt!«
Sie verstanden das nicht gleich und sahen fragend zu dem Kopf der dicken Frau. Und Karlchen Duckdich sagte »Guten Morgen!«.
»Was ist, soll ich euch Beine machen!«
Daraufhin traten die Kinder ein paar Schritte von den Zeitungen zurück, und das Fenster schloss sich wieder.
»Aber sie hat sie doch herausgehängt?«
»Ja, aber sie hat sie nur herausgehängt«, erklärte Karlchen Duckdich, »damit es jeder sehen kann, dass alle Seiten vollgeschrieben sind. Nämlich, keiner würde eine Zeitung kaufen, die nicht vollgeschrieben ist.« Ja. Und das hatte alles seine Richtigkeit.
Später sah Karlchen Duckdich zwei Jungen auf der anderen Straßenseite. Es waren Humba Humba und der Junge mit der bunten Mütze. Sie trugen etwas, das in einen Sack gewickelt war.
»Komm, Kristina.« Und sie stellten sich schnell hinter die Kioskecke, damit die Jungen sie nicht sehen konnten. Aber sie selbst konnten die beiden beobachten, und sie sahen, wie die Jungen bei dem grünen Zaun stehen blieben und sich umblickten. Dann sahen sie, wie die Jungen das vorletzte Brett des Zaunes zur Seite schoben und sich und den Sack durch den Spalt zwängten. Danach fiel das Brett des Zaunes wieder zu, und man sah nichts mehr.
»Seid ihr schon wieder da!«, rief die dicke Frau, die sich auf die Zeitungsstapel stützte. Und Karlchen Duckdich entschuldigte sich, und nun traten sie so weit zurück, dass man die Zeitungen nicht mehr lesen konnte.

»Aber in Wirklichkeit, Karlchen«, sagte das Mädchen, »in Wirklichkeit bist du viel stärker als der Humba Humba.«
Ho, das wollte er wohl meinen. Und sie sollten es sich nur getrauen, sagte Karlchen Duckdich. Aber er bedauerte es nun doch, dass er seinen Flitzbogen nicht mehr hatte. Denn in Groß-Vierfelde, als sie noch in Groß-Vierfelde wohnten, hatte er einen Flitzbogen aus Weidenholz.
»Würdest du sie totschießen?«, fragte ihn das Mädchen.
Nun, tot wollte er sie nicht gleich schießen. Aber einen gehörigen Schreck, den wollte er ihnen schon einjagen. Jawohl!

»Aber dem Humba Humba müsstest du den Arm abschießen.«
Nun, auch den Arm wollte er ihm nicht gleich abschießen. Aber er wollte seine Pfeile so abzielen, dass sie genau vor Humba Humbas Füßen in der Erde stecken blieben. Und er wollte »Wehe, Freundchen!« zu ihm rufen. »Wehe, Freundchen, auch nur einen Schritt!« Und der Humba, ja, der Humba Humba würde weiß wie Kreide werden. Und dann wollte Karlchen Duckdich ihn nach Hause laufen lassen.
»Aber einen Finger«, sagte das Mädchen, »müsstest du ihm abschießen.«
»Ja, einen Finger, den könnte ich ihm vielleicht abschießen«, sagte Karlchen Duckdich. Aber dann sagte er: »Nein, Kristina. Nämlich, man soll nicht nachtragend sein.« Auch einen Finger wollte er dem Humba Humba nicht gleich abschießen. Nein, und er wollte es so anstellen, wie er es beschrieben hatte. Und er wollte »Wehe, Freundchen!« zu ihm rufen. In Wirklichkeit aber stimmte es nicht, dass Karlchen Duckdich stärker als der Humba Humba war. Viel eher war er nur genauso stark. Oder der Humba Humba war sogar ein bisschen stärker.

4

Sie bummeln nun.

Sie sehen in ein Schaufenster. Dann drehen sie sich wieder um. »Guten Morgen! – – Guten Morgen!« Es gibt so viele Menschen. Und auf der anderen Seite gibt es einen grünen Bretterzaun. Dann gehen sie zehn Schritte weiter und sehen wieder in ein Fenster.

Später sahen sie eine Katze, die in einen Torweg lief. »Aber es gibt keine Hühner.«

»Nein, es gibt hier keine Hühner.« »Und auch keine Gänse.«

»Nein, es gibt auch keine Gänse.«

Später fragte ihn das Mädchen: »Hast du den Wolf gesehen, wie er alleine durch die Stadt gegangen ist?«
»Es war kein Wolf, es war ein Wolfshund«, sagte Karlchen Duckdich. »Und er ging auch nicht alleine durch die Stadt.«
»Wollen wir das Märchen spielen, wie der Wolf das Rotkäppchen gefressen hat?«
»Ich kann nicht Märchen spielen«, sagte Karlchen Duckdich.
»Du brauchst nur den Wolf zu spielen«, erwiderte das Mädchen.
Es war jedes Mal dasselbe. Immer wollte die Schwester ein Märchen mit ihm spielen. Er mochte das nicht, da er schon älter war. Und er hatte auch Angst, dass es die Jungen aus der Dolomitenstraße sehen konnten. Doch er sagte: »Nun, einen Wolf, den könnte ich vielleicht spielen, Kristina.«

Das Mädchen konnte wirklich gut spielen, und es machte ihm nichts aus, dass die vielen Menschen vor dem Kiosk waren. Und nun ging es auf der Straße, als wäre es das Rotkäppchen.
»Nein, du musst viel tiefer sprechen, damit man hört, dass du der Wolf bist.«
Und Karlchen Duckdich sagte nun sehr tief: »Guten Morgen, Rotkäppchen!«
»Ja, aber du musst so tun, als hättest du die Blumen angesehen. Damit man sieht, dass du der Wolf bist.«
Und Karlchen Duckdich sah die Pflastersteine an, und dann sagte er noch einmal: »Guten Morgen, Rotkäppchen!«
Aber er sah ganz zufällig zur anderen Straßenseite, und dann sah er plötzlich Humba Humba, der am grünen Zaun lehnte und sie schon eine Zeit beobachtete. Humba Humba hielt die Arme vor der Brust verschränkt, und das eine Ohr stand ihm sehr ab. Er stützte den Fuß gegen den Bretterzaun.
»Kommt mal! Kommt mal alle her«, rief er, »Karlchen Duckdich ist wieder da!«
Danach sah man, wie sich das lose Brett des Zaunes zur Seite schob. Und dann sah man einen Ellenbogen. Dann ein Bein. Dann sah man den Jungen mit der bunten Mütze. In allem waren es acht oder zehn Kinder, die sich durch den Spalt des Zaunes zwängten.

5

Anfangs standen sie nur da, sie standen vor dem grünen Zaun, und es war nicht zu sagen, was sie jetzt wohl tun würden. Sie sahen nur zu ihnen her. Und sie stützten ihre Hände in die Hüften. Und es sah für einen Augenblick so aus, als wären sie gar nicht die Kinder, die in der Dolomitenstraße wohnten. Ja, als wären es die Jungen und die Mädchen aus Vierfelde. Und als würden sie, da man sich jetzt erkannte, sogleich zu ihnen rüberrufen. Und als würden ihre Hände sich augenblicklich von den Hüften heben und nach ihnen winken, da sie nun endlich kommen sollten. Dann schrie Humba Humba: »Karlchen Duckdich! – – Karlchen Duckdich!«
Zuerst schrie er es ganz alleine.
Dann schrien mit ihm noch drei Kinder.

Und dann schrien sie es alle. »Karlchen Duckdich! – – Karlchen Duckdich! – – Karlchen Duckdich!«
»Komm, Kristina«, sagte der Junge, und sie wollten sich hinter die Kioskecke stellen. Aber die dicke Frau fiel ihnen ein, und sie rannten zu den hohen Müllkästen, und sie stellten sich so, dass die Kinder auf der anderen Straßenseite sie nicht sehen konnten.
Aber sie hörten, wie die Kinder schrien, wie sie immer lauter »Karlchen Duckdich! – – Karlchen Duckdich!« riefen. Und der Junge spürte, wie er sich vor den fremden Kindern fürchtete. Wenn ich dem Humba Humba meine Trillerpfeife schenken würde, dachte er. Wenn ich den Kindern meine Angelhaken gäbe. Wenn ich dem Humba Humba sagen würde … Aber dann hörten sie, wie die Kinder über die Straße kamen und wie sie immer lauter »Karlchen Duckdich! – – Karlchen Duckdich!« riefen.

Sie waren die Dolomitenstraße zurückgerannt. Unter der großen Uhr hindurch und an den Schaufenstern vorbei. Anfangs hatten sie die Kinder hinter sich noch rufen hören. Aber Karlchen Duckdich und das Mädchen rannten immer weiter und so schnell sie konnten. Sie blieben erst stehen, als sie den Eckladen erreichten, in dessen Fenster die drei großen Puppen standen.
Sie waren beide außer Atem.
Und sie stellten sich vor die ganz rechte Puppe, die den Kopf ein wenig neigte und zu ihnen blickte. Dort blieben sie ein Weilchen und sahen zu den vielen Menschen. Die es eilig hatten und vorübergingen.

6

Später gingen die Kinder bis zu dem Schuhgeschäft, dann bogen sie rechts in die neue Straße ein.
Sie redeten nun wenig. Sie sagten auch nicht »Guten Morgen!«, da sie jetzt mit sich selbst beschäftigt waren. »Aber wären sie gekommen, Karlchen, wären sie gekommen, den Humba Humba hättest du ganz totgeschlagen.«
Er schwieg. Er wollte nicht mehr an die Kinder denken.
»Sag, dass du ihn totgeschlagen hättest!«
Das Mädchen, da es vom Laufen müde war, ließ sich nun sehr von seinem Bruder ziehen. Aber es fing immer wieder an zu reden und schimpfte auf den Humba Humba. »Zuerst hätte ich ihm einen Fuß gestellt«, sagte Karlchen Duckdich, »so dass er hingeflogen wäre.« Und danach wäre er dem Humba Humba auf das Kreuz gesprungen. Er hätte sich rittlings auf den Humba Humba gesetzt, und er hätte ihm mit seinen Fäusten, mit den Fäusten … Ach, was hätte er mit seinen Fäusten auf den Humba Humba eingeschlagen.
Aber später sagte er: »Nein, Kristina. Nämlich, es gehört sich nicht, dass man sich mit den Kindern prügelt. Denn auch wenn sie ganz ungezo-

gen sind, so darf man sich nicht mit den Kindern auf der Straße prügeln.«
Es gefiel dem Mädchen, dass der Bruder alles wusste, und es bewunderte ihn manchmal, da er so vernünftig war.
»Dann sind wir darum weggerannt?«
»Ja, wir sind darum weggerannt«, sagte Karlchen Duckdich.
Wenn man darauf achtete, so hörte man die Schritte von den Menschen.
Das Trommeln auf dem Bürgersteig.

»Aber es gibt viele Sperlinge«, plapperte Kristina.
»Ja. Aber es gibt keinen Hühnerhabicht«, sagte Karlchen Duckdich.
Sie blieben stehen und blickten gegen den Himmel, ob sie einen Habicht sehen konnten.
»Aber es gibt viele Tauben.«
»Ja. Aber es gibt keinen Hühnerhabicht«, sagte Karlchen Duckdich.
Manchmal lag unerwartet eine kleine Wiese neben der Straße, und auf der Wiese stand ein Baum. Oder es standen vier Bäume. Aber man durfte die Wiese nicht betreten. Und auch die Blumenbeete durfte man nicht betreten, obwohl die Gärten keine Zäune hatten.
Später trafen sie den Mann, dem sie am Morgen schon begegnet waren und der einen Schäferhund an der Leine führte. Sie gingen dicht an ihm vorbei. Aber der Mann erkannte sie nun wieder und lächelte und nahm den Hut vom Kopf und sagte »Guten Tag!«. – »Guten Tag!«, sagte Karlchen Duckdich.
Hierüber sprachen sie nun viel.
»Er ist sehr freundlich.«
Ja, er sei sehr freundlich, sagte Karlchen Duckdich.
»Und er hat einen Hund.«
»Es ist ein Wolfshund«, sagte Karlchen Duckdich.
»Aber er hält ihn immer an der Leine.«

»Er muss ihn an der Leine halten«, erklärte Karlchen Duckdich. »Nämlich, da er sonst hinter den Autos laufen würde und man ihn überfahren könnte.«
»Das Halsband war wie eine Kette.«
»Ja, es war wie eine Kette.«

Dann blieben sie stehen, ob sie den Mann mit seinem Hund noch sehen konnten. Nein, er war nicht mehr zu sehen.
»Was sagst du, Karlchen, ob wir später alle Menschen kennen werden?«
Das bezweifelte Karlchen Duckdich. »Nein, Kristina, weil es so viele Menschen sind.«
»Aber wir kennen schon den Mann mit seinem Hund.«
Ja, sagte Karlchen Duckdich, jetzt kannten sie schon wieder einen Menschen.
Danach standen sie an der Straße und warteten, bis die Autos vorbeigefahren waren. Dann rannten sie hinüber auf die andere Seite.

7

Das Haus, in dem sie wohnten, hatte viele Fenster.
Aber es hatte keine Fensterläden, und es war ungewöhnlich hoch, so dass man nie das Dach des Hauses sehen konnte. Man sah auch keinen Schornstein. Man sah die weißen steilen Wände. Und die Kinder konnten noch nicht sagen, ob ihnen dieses Haus gefiel.
Aber das Haus hatte einen Fahrstuhl.
Eigentlich war dieser Fahrstuhl eine kleine Stube. Man ging in sie hinein und schloss die Türen hinter sich, und man konnte hinauf und hinunter mit der kleinen Stube fahren: in den fünften Stock, in den neunten Stock oder in den Keller. Oder in den elften Stock, in dem die Kinder wohnten.
Als sie die Türen geschlossen hatten, stellte sich Karlchen Duckdich an die Schalttafel und drückte auf den elften Knopf.
Es ruckte etwas.
Danach spürte man, wie die Stube sich bewegte und dass sie stieg. Man spürte, wie sie immer höher fuhr, an den Fluren der Stockwerke vorbei.

Und es gefiel den Kindern in der kleinen Stube. Niemals wusste man es ganz genau, wann die Fahrt beendet sein würde; denn die Stube blieb jedesmal unerwartet stehen. Und öffnete man die Türen, so war es tatsächlich der elfte Stock.

»Bitte, Karlchen«, sagte das Mädchen, »und jetzt fahren wir noch einmal bis zur Erde!«

»Nein, du musst vernünftig sein, Kristina«, sagte Karlchen Duckdich, »nämlich, ein Fahrstuhl ...« Aber er selbst spürte ebenfalls eine unbändige Lust in sich, noch einmal mit der kleinen Stube zu fahren, und er sagte schließlich: »Also meinetwegen. Aber nur das eine Mal, Kristina.«

Und sie schlossen schnell die Türen. Karlchen Duckdich drückte auf den Knopf, und es ruckte etwas, und danach spürten sie, wie die kleine Stube immer tiefer fuhr. Dann blieb sie plötzlich stehen, und sie waren schon am Ziel.

Aber sie wollten gar nicht auf die Straße. Also stiegen sie nicht aus, und Karlchen Duckdich drückte wieder auf den elften Knopf.

Man kann sich allerlei vorstellen, wenn man in einem Fahrstuhl steht, der aufwärts fährt. Man hört nicht mehr den Straßenlärm. Es leuchtet eine kleine Lampe. Und es knarrt manchmal ein bisschen. Man kann sich vorstellen, es wäre eine Wunderstube, in die man eingestiegen ist, und man fliegt nun in ein fremdes Land. Man fliegt bis zu den Eskimos. Man fliegt ein bisschen bis nach Afrika, da man die Löwen sich betrachten möchte. Oder: Man fliegt nun gar nach Indianien. Es kommt nur darauf an, dass man die rechten Knöpfe drückt.

Im Lande Indianien, da es dort immer Sommer ist, kann man am Tage fünfmal baden gehen. Man legt sich in den Schatten der immergrünen Eukalyptusbäume. Und wenn man etwas lutschen möchte, so pflückt man sich den Mund voll Eukalyptusbonbons und legt sich wieder in den Schatten. Oder in den Schatten der Schokoladenbäume. Es kommt ein kleiner Rhesusaffe. Man sieht, wie er von Ast zu Ast geklettert kommt. Er ist so

zahm, er lässt sich an den Zweigen nieder. Und die Kinder aus Indianien kommen jetzt gelaufen. Sie sind ganz braun gebrannt, man sitzt und schwätzt, man spielt ein bisschen mit dem Rhesusaffen. Und keiner weiß, dass man das Karlchen Duckdich ist …

Aber der Fahrstuhl war wieder stehengeblieben, und das Mädchen sagte: »So, Karlchen, und jetzt fahren wir bis in den achtzehnten Stock.«

»Du musst vernünftig sein, Kristina. Nämlich ein Fahrstuhl …« Aber Karlchen Duckdich möchte selbst noch einmal nach Indianien reisen. Er zögert zwei Minuten. Dann stellt er sich auf die Fußspitzen, dass er den höchsten Knopf erreichen kann. Und wieder geht die Stube auf die Reise.

Man sieht hinunter auf die Berge, man blickt hinab aufs wilde Meer. Man träumt ein bisschen von den Eukalyptusbäumen in Indianien.

Als sie den achtzehnten Stock erreichten, sahen sie, dass dieser Flur nicht anders war als alle Flure in dem Haus. Der Fußboden war grün. Die Türen waren weiß gestrichen. Die Wände waren etwas blau. Also gingen die Kinder wieder in den Fahrstuhl.

Aber sie hatten ihn offen stehenlassen, und als sie nun die Türen schlossen, fing die Stube plötzlich zu fahren an. Darüber wunderten sich die Kinder. Denn Karlchen Duckdich hatte noch nicht auf einen Knopf gedrückt. Sie spürten, wie sie hinunterfuhren, und sie sagten sich, dass es eine sehr kluge Stube wäre.

Der Fahrstuhl aber fuhr bis zum Erdgeschoss, und als die Kinder die Türen öffneten, standen dort sechs Menschen. Ein Mann mit einem Bärtchen über der Lippe, zwei Frauen, die zusammen einen schweren Koffer trugen … Aber die Gesichter blickten sehr wütend auf die Kinder. »Nun aber raus!«, sagte der Mann, der das Bärtchen über der Lippe hatte. Doch dann hielt er Karlchen Duckdich an der Jacke fest. »Wie lange fahrt ihr hier schon hin und her?«

Karlchen Duckdich hatte Angst, dass der Mann mit dem Bärtchen über

der Lippe ihn schlagen würde, und er sagte: »Zuerst sind wir in den elften Stock gefahren. Und dann sind wir noch einmal hinabgefahren. Und dann sind wir wieder in den elften Stock gefahren. Und dann sind wir in den achtzehnten Stock gefahren. Und dann, als wir nämlich …«
Der Mann ließ die Jacke wieder los. Und jetzt war er etwas freundlicher. »Woher kommt ihr überhaupt?«
»Aus Groß-Vierfelde«, sagte Karlchen Duckdich, »aber jetzt wohnen wir im elften Stock.«
»Woher, sagst du?«
»Aus Groß-Vierfelde«, sagte Karlchen Duckdich noch einmal. Er sah, wie die Menschen freundlicher wurden und wie nacheinander die Gesichter lächelten, als ob es etwas ganz Besonderes wäre, dass man aus Groß-Vierfelde kam. Und der Mann, der das Bärtchen über der Lippe hatte, zog die Kinder zu sich in den Fahrstuhl und sagte: »Also, da wollt ihr in den elften Stock?«
Dann drückte er mehrere Knöpfe, und es ruckte etwas, und es war sehr eng, da sie nun alle in der kleinen Stube fuhren.
»Aber das eine sage ich, wenn ihr noch einmal mit dem Fahrstuhl spielt …«
»Wir werden es nie wieder tun«, sagte Karlchen Duckdich, während Kristina noch ängstlich war und seine Hand festhielt.
Dann blieb der Fahrstuhl stehen, und sie gingen beide schnell hinaus.
»Auf Wiedersehn!«, sagte Karlchen Duckdich. Und auch Kristina sagte laut »Auf Wiedersehen!« Aber die Türen zu der kleinen Stube, sahen sie, waren schon geschlossen.

Der Tag ist langsam, dachte Karlchen Duckdich.
Früher, als wir noch in Groß-Vierfelde wohnten, waren die Tage immer zu schnell gewesen. Man wollte noch in einen Kirschbaum klettern. Man wollte noch im Sandweg Fußball spielen. Doch es war schon wieder Abend, und der Tag war um.

Es gibt auch keinen Fluss, der Guber heißt, dachte er, in dem man waten und die Schlammpeitzker greifen kann. Man krempelt sich die Hosenbeine hoch. Die Schlammpeitzker haben sich unter den Steinen versteckt, und man muss sehr behutsam sein, wenn man die Steine zur Seite kantet. Und man muss schnell mit der Küchengabel nach den flinken Fischchen stechen.

Die Tage sind jetzt langsam, dachte er.

Karlchen Duckdich hatte die Küche ausgefegt. Danach hatte er die Tassen ausgewaschen, aus denen sie getrunken hatten. Danach hatte er für die Schwester Bauklötze hervorgeholt. Dann setzte er sich an den Tisch und malte einen Löwen.

Er malte vier Katzenpfoten, und an den Schwanz malte er eine Quaste.

Aber er wusste nicht, wie er den Kopf des Löwen malen sollte.
»Weißt du, Karlchen, was ich nämlich glaube«, sagte das Mädchen, während es mit den Klötzen spielte. »Das Königsschloss, es steht vielleicht hinter dem grünen Bretterzaun.«
Karlchen Duckdich dachte: Ach, Kristina! Und er wollte seiner Schwester endlich sagen, dass es den König in der Dolomitenstraße gar nicht gegeben hatte. Er hätte ihn sich doch nur ausgedacht. Und dieser Dolomiten, vielleicht war er auch ein Erfinder, und er hatte die Schulhefte erfunden. Oder die Farbstifte. Oder er hatte die großen Tuschkästen erfunden. Was wusste er! Aber er sagte: »Es könnte sein, Kristina. Vielleicht steht das Königsschloss hinter dem Bretterzaun.«
»Es steht bestimmt hinter dem Bretterzaun.«
»Ja«, sagte er.
»Und darum lässt der Humba Humba uns dort nicht spielen.«
»Ja, so wird es sein«, sagte Karlchen Duckdich.
Doch es beschäftigte auch ihn, was wohl hinter dem grünen Zaun verborgen war. Und er grübelte darüber.
Manchmal stand er auf und ging ans Fenster, ob die Mutter schon zu sehen war. Nein, sie war noch nicht zu sehen.
Es ist verteufelt schwer, einen Löwen zu malen. Die Ohren dürfen nicht zu klein geraten. Aber malt man sie zu groß, so sieht der Löwe nicht mehr wie ein Löwe aus.
Später dachte er an Großmutter Zumka, was sie jetzt wohl machen würde.
Oder er dachte an das Einmaleins, das er in diesen Ferien tüchtig lernen wollte. Er dachte auch daran, dass er nun in die fremde Schule gehen würde, und er fürchtete sich etwas vor den fremden Kindern.
Und Kristina, dachte er, wird dann in den Kindergarten gehen.
»Ich glaube, Karlchen, die böse Hexe hat sie alle drei verzaubert.«
Aber er wusste nicht, wovon Kristina redete.

»Ich meine die drei Frauen, die im Fenster stehen«, plapperte das Mädchen. »Es war bestimmt die böse Hexe.«

Ach Kristina! dachte Karlchen Duckdich. Und er wollte seiner Schwester sagen, dass es keine Hexen gäbe und dass die Frauen, die dort standen, nichts anderes als drei große Kleiderpuppen wären. Doch er sagte nichts.

»Nein, Kristina. Nämlich, es war in Wirklichkeit ganz anders«, sagte er. »Einmal, es war noch früher und vor hundert Jahren …« Er wusste nicht, warum er das erzählte; aber es gefiel ihm, wie Kristina zwischen den Bauklötzen saß und zu ihm blickte. Und er wusste, dass sie es gerne hörte.

Die drei Frauen wären gar die schönsten Frauen in der Stadt gewesen, sagte er. Und für jedermann hatten sie Zeit gehabt. Und zu jedermann

waren sie stets freundlich. »Doch eines Tages, und es war an einem Sonntagmorgen, kam durch die Stadt ein böser Mann gegangen, der schrecklich grüne Zähne hatte. Und er war ein Zauberer, und niemand hatte das gewusst. Also hat er sie alle drei verzaubert.«

»Er hatte grüne Zähne?«

»Ja, er hatte schrecklich grüne Zähne.«

»Haben ihn die Frauen ausgelacht?«

»Nein, sie haben ihn nicht ausgelacht.«

»Aber warum hat er sie verzaubert?«

»Hör zu, Kristina, es gab nämlich die bösen, und es gab die guten Zauberer. Und dieser Zauberer, es war nämlich vor hundert Jahren …«

Er mochte es, wie Kristina aufmerksam auf seine Sätze hörte. Und es fiel ihm immer mehr ein, von dem Zauberer, der die grünen Zähne hatte. Und von den drei Frauen, die verzaubert waren. Denn in Wirklichkeit, so sagte er, in Wirklichkeit waren es die Königstöchter aus der Dolomitenstraße.

»Also hatte er drei Königstöchter?“

»Ja, Kristina, das vergaß ich dir zu sagen: Alles in allem hatte er vier Königstöchter.«

»Vier Königstöchter?«

»Ja«, sagte er. »Aber die vierte Königstochter, da sie faul und böse war und sie kein Mensch leiden mochte, nämlich diese vierte Königstochter ...«

Später klingelte es zweimal, und die Kinder rannten in den Flur, denn sie wussten, dass es nun die Mutter war.

9

Karlchen Duckdich nahm der Mutter die Einkaufsnetze ab und trug sie in die Küche. Er hörte, wie Kristina mit der Mutter redete. Von einem König. Und von einem Zauberer. Von einer Laube in der Dolomitenstraße.

Dann trat die Mutter in die Küche und umarmte Karlchen Duckdich. Er mochte das. Aber er mochte das nur, wenn es niemand sah.

»Ja, wir haben gegessen, und wir haben auch getrunken«, sagte er, »aber ich habe die Tassen wieder abgewaschen.«

»Mein großer Junge«, sagte dann die Mutter; denn sie wusste, dass er das gerne hörte.

Die Mutter hatte ein stilles, schmales Gesicht, und das dunkelbraune Haar, das ein wenig kräuselte, hatte sie zu einem Knoten gebunden, so dass es schön aussah.

Dann leerten sie die Einkaufsnetze, und Kristina redete wieder von der Dolomitenstraße. Sie redete unentwegt. Aber die Mutter freute sich darüber, und sie dachte, dass der Tag für sie sehr schön gewesen wäre. Dann griff sie in die Tasche und gab jedem eine Rolle Keks.
Danach beobachtete Karlchen Duckdich, wie sich die Mutter schnell die

Hände trocknete. Und wie sie schnell den Tee aufsetzte. Und wie die Hände schneller als gewöhnlich nach den Tellern, Messern, Gabeln griffen. Und Karlchen Duckdich wusste, dass die Mutter diesen Abend nicht zu Hause bleiben würde. Und er ärgerte sich über Kristina, denn die Mutter hatte jetzt an anderes zu denken als an den König in der Dolomitenstraße. Den es gar nicht gab. Oder an den Zauberer, der grüne Zähne hatte. Und den es auch nicht gab.

Aber Kristina redete und redete.

Jetzt redete sie von der vierten Königstochter, die den Zauberer aufsuchte und ihm sieben Taler schenkte. Und wie der Zauberer, es war noch früher und vor hundert Jahren, wie nämlich dieser Zauberer …

Karlchen Duckdich war sehr wütend auf die Schwester, da sie über lauter unnötige Dinge redete und die Mutter bei der Arbeit damit behinderte. Und er wollte der Schwester sagen, dass sie endlich still sein sollte. Und er wollte die Schwester aus der Küche treiben.

Doch er hörte, wie er nun zu seiner Mutter sagte: »Ich habe einen Löwen gemalt. Einen mit einer Mähne und mit einer Quaste.«

Er sah die schnellen Hände, wie sie Töpfe setzten, Brot abschnitten, wie sie nichts vergaßen. »Aber der Kopf des Löwen«, hörte er sich sagen, »aber der Kopf des Löwen lässt sich am allerschwersten malen. Weil die Ohren nämlich, wenn man sie zu klein für einen Löwen malt …

»Karlchen«, sagte dann die Mutter, während sie Wurst abschnitt und Butter in die Schale legte, »trag schon die Teller in die Stube!«

Und Karlchen Duckdich nahm die Teller und die Gabeln und die Messer und trug sie in die Stube. »Denn der Kopf des Löwen«, sagte er, »denn der Kopf des Löwen …«

Später, als sie um den Tisch saßen und das Abendbrot aßen, war es einen Augenblick sehr schön. Die Mutter tat, als hätte sie viel Zeit, und lächelte zu ihnen. Es war nur schade, dass der Vater noch nicht kam. Aber es war dennoch schön. Und die Mutter lachte über den dicken

Dolomitenkönig, der einen Bretterzaun bauen ließ, so dass niemand das Königsschloss betrachten konnte. »Woher weißt du das nur alles?«, fragte dann die Mutter. Und Kristina sagte, dass sie es von Karlchen wüsste.
»Mein großer Junge. Nein, was du alles weißt.«
Später sagte die Mutter: »Sei so gut, Karlchen, und bring Kristina heut ins Bett! Ich weiß nicht, wann der Vater kommen wird.«
Und Karlchen Duckdich nickte.
»Und achte auch darauf, dass sie sich ihre Füße wäscht.«
Und er nickte wieder.
»Und dass sie sich die Zähne putzt.«
»Musst du jetzt immer in die Abendschule?«, fragte Karlchen Duckdich.
»Nein«, antwortete die Mutter, »es dauert nur drei Jahre.« Sie lobte Karlchen Duckdich, da er schon so vernünftig wäre.
»Es muss ja bald der Vater kommen«, sagte sie. Aber es war nun höchste Zeit, und sie trugen schnell das schmutzige Geschirr in die Küche.
Dann brachten sie die Mutter an den Fahrstuhl. Und Karlchen Duckdich nickte zu den Ermahnungen, die seine Mutter sagte, denn er wollte sehr vernünftig sein. »Und träumt auch schön«, sagte dann die Mutter.
Sie hörten, wie der Fahrstuhl kam.
Dann winkten sie der Mutter.
Als sich die Türen des Fahrstuhls geschlossen hatten, gingen die Kinder wieder in die Wohnung.

10

Aber der Vater kam noch nicht nach Hause.

Sie spielten noch ein Weilchen.
Und Karlchen Duckdich malte gelbe Striche um den Löwen, so dass es schien, als stünde jetzt der Löwe inmitten einer Steppe. Doch als der Vater noch immer nicht kam und als schon eine Stunde vergangen war, legte Karlchen Duckdich den Pinsel in den Tuschkasten.
Dann gingen sie in die Badestube, und Kristina wusch sich ihre Füße.
Aber sie trödelte.
Dann achtete Karlchen Duckdich darauf, dass sich Kristina die Zähne putzte.

Sie hatten es ja hier viel besser als in Groß-Vierfelde, da sie nun jeder eine eigene Stube hatten. In Kristinas Stube stand vor dem Fenster ein Tisch, um den Karlchen Duckdich die Schwester heimlich beneidete. Es war nur ein kleiner Kindertisch, aber er hatte geschwungene Beine, die mit grüner Lackfarbe gestrichen waren.

Dann achtete Karlchen Duckdich darauf, dass Kristina das Kleid über die Lehne des Stuhles legte.

Und danach achtete er darauf, dass sie die Schuhe ordentlich vor das Bett stellte und dass sie die Strümpfe nicht in die Stube warf. Aber Kristina liebte es, im langen Nachthemd noch ein Weilchen vor dem Spiegel auf und ab zu gehen.

Später setzte sich Karlchen Duckdich auf die Kante ihres Bettes, um, wie an jedem Abend, die drei Fragen zu beantworten.

Man konnte nicht mehr sagen, wann es damit einmal angefangen hatte. Aber Kristina, dieses schlaue Mädchen, hatte sich eines Tages das Versprechen geben lassen, dass sie jeden Abend noch drei Fragen stellen durfte. Man hatte diesen Wunsch erfüllt, und am Anfang hatte man es gern getan. Später aber hatte man gehofft, ihr würde eines Abends nichts mehr einfallen, wonach sie fragen könnte, und sie würde das Versprechen wieder vergessen. Doch das war ein Irrtum gewesen. Und nun vermuteten sie gar, Kristina würde schon während des Tages – neben den anderen kleinen Fragen, die sie immer hatte – sich die drei großen Fragen für den Abend überlegen.

»Nun fang schon an!«, sagte Karlchen Duckdich. Aber Kristina lag still im Bett und überlegte.

»Karlchen, ist es wahr, dass es den Dolomitenkönig gab, oder ist es nur ein Märchen?«

Zuerst wurde er ein bisschen wütend, und er wollte sagen, dass es natürlich den Dolomitenkönig gegeben habe. Aber dann schwieg er. Und er dachte jetzt daran, dass man auf ihre großen Fragen immer die Wahrheit sagen musste. Und er zögerte.

»Also ist es nur ein Märchen.«
»Ja, Kristina«, sagte er, »es ist nur ein Märchen.«
»Und es gab auch nicht die Königstöchter?«
»Nein, auch nicht die Königstöchter«, sagte Karlchen Duckdich. Aber er wunderte sich über seine kleine Schwester, denn er dachte immer, dass sie noch die Märchen glaube.
»Nicht, es sind nur drei große Kleiderpuppen, die im Fenster stehen?«
Er sah sie an und schwieg.
»Und es gab auch nicht den Zauberer?«
Und er schwieg.

»Auch nicht das Königsschloss? Auch nicht die Königskutsche?«
»Nein, Kristina«, sagte Karlchen Duckdich. »Das gab es alles nicht.«
Anfangs sah es aus, als überlegte jetzt das Mädchen und als suchte es noch eine neue Frage. Doch dann sah er, wie Kristina ihre Lippen mit Gewalt zusammendrückte, als hätte sie Angst davor, dass ihr Mund noch eine Frage stellen könnte. Er konnte gar nicht sagen, ob seine Schwester nun sehr traurig war. Er sah nur ihre großen Augen, wie sie ins Ungewisse blickten. Und er sah, wie sie noch immer den Mund zusammendrückte.
Dann drehte sich das Mädchen mit dem Gesicht zur Wand. Es schloss die Augen, und es tat, als ob es eingeschlafen wäre.
Aber sie ist noch gar nicht eingeschlafen, dachte Karlchen Duckdich.
»Gute Nacht, Kristina!«, sagte er.
Doch das Mädchen gab ihm keine Antwort.

11

Aber der Vater kam noch immer nicht nach Hause.
Wenn er kommt, dachte Karlchen Duckdich, dann wirst du ihm den Löwen zeigen. Er wollte auch mit seinem Vater über andere Dinge sprechen. Über die Leoparden würde er gerne mit ihm sprechen. Und über die großen Elefanten, die mit ihren langen Nasen um den Elefantenreiter greifen und ihn auf den Elefantenrücken setzen. Denn der Vater wusste alles, und man konnte über alle diese Dinge mit ihm sprechen. Dann dachte Karlchen Duckdich an die schwarze Tasche.
Wenn der Vater kam, so zog er sich den Sommermantel aus, und danach ging er in die Stube und legte die schwarze Tasche auf den Arbeitstisch. Es war eine schmale, schwarze Tasche, die mehrere Fächer hatte. Und sie hatte den Geruch von neuen Lederschuhen.

Anfangs hatte Karlchen Duckdich die schwarze Tasche sehr gemocht, und er war manchmal in die Stube gegangen, nur um die schwarze Tasche anzufassen. Nun aber mochte er die Tasche nicht mehr, und er wünschte sich, dass es sie nicht gäbe.
Denn es geschah jetzt oft, dass der Vater zu ihm sagte: »Nein, Karlchen, heute geht es wirklich nicht, denn ich muss noch etwas arbeiten.« Und der Vater ging dann an den Tisch und öffnete die schwarze Tasche.
Karlchen Duckdich wartete.

Dann überlegte er, ob er noch einen Baum neben den Löwen malen sollte.

Man konnte mit dem Vater auch über die Eisbrecher sprechen, die bis vor den Nordpol fuhren. Oder sie sprachen über die Sterne und ob auf ihnen fremde Menschen lebten. Oder sie redeten ein bisschen über den Grafen Zeppelin, der den Zeppelin erfunden hatte. Es war jedes Mal sehr schön gewesen, wenn er mit dem Vater zusammen war und sie über solche Dinge redeten.

Später nahm Karlchen Duckdich das Blatt, auf das er den Löwen gemalt hatte, und legte es auf den Tisch. Er schob das Geschirr etwas zurück und

legte das Bild schräg gegen die Tasse, so dass der Vater es gleich sehen würde.

Danach ging Karlchen Duckdich in seine Stube.

Er stellte sich vor das Wandbrett und zählte die Bücher, obwohl er wusste,

dass es vierzehn Bücher waren. Früher hatte er sechsundzwanzig Bücher gehabt. Aber er hatte die Bilderbücher herausgenommen und sie Kristina gegeben, so dass er jetzt noch vierzehn Bücher hatte.
Dann betrachtete er das Bild, das neben dem Wandbrett hing und das ihm sehr gefiel. Man sah einen bewölkten Himmel, und vor dem Himmel fuhr der Zeppelin. Er war lang und grau, und zu den Enden war er spitz. Unter dem Zeppelin war eine Veranda, die weiße Fenster hatte.
Und ein neuer Tisch stand in seiner Stube. Aber Karlchen Duckdich war der Tisch noch ungewohnt, und er mochte auch lieber den kleinen Tisch, der jetzt bei Kristina stand und der die geschwungenen Beine hatte.

12

Manchmal ist es schon so spät, und man ist noch gar nicht müde. Man sieht durchs Fenster, blickt hinunter auf die Straße. Man sieht sehr viele Autodächer. Und man sieht die kleinen Menschen.
Später suchte Karlchen Duckdich einen Briefumschlag. Er setzte sich an den neuen Tisch und schrieb: »An Frau Großmutter Zumka in Groß-Vierfelde.« Unter Groß-Vierfelde machte er zwei gerade Striche. Dann riss er vorsichtig ein Blatt aus seinem Schulheft.

»Liebe Großmutter Zumka!«

schrieb er. Und dann saß er ganz still und überlegte.
Er dachte an ein kleines Dorf, in dem er jeden Menschen kannte. Und er war ein bisschen traurig.
Und an einen Fluß dachte er, der Guber hieß und in dem das Wasser ihm bis zu den Knien reichte. Er kannte jeden Zaunpfahl. Jedes Schwalbennest. Und die Kirschbäume kannte er sehr gut, die hinter der Schmiede

wuchsen. Und er sah das alles vor sich. Aber er konnte es noch nicht begreifen, dass er dort nun nicht mehr wohnte.

»Hiermit möchte ich Dir schreiben, dass es mir gut geht, liebe Großmutter Zumka. Und dass wir gesund angekommen sind. Auch gehe ich mit meiner Schwester viel spazieren, und wir sehen uns die hohen Häuser an. Und die Blumenbeete. Was uns viel Freude bereiten tut. Oder wir sehen uns die Autos an, die vorüberfahren. Aber ich habe Dich nicht vergessen, Großmutter Zumka. Und so denke ich oft, ob noch die kleinen Entchen alle leben. Oder ob die Krähen sich wieder eins gegriffen haben. Auch mit den Kindern habe ich mich hier schon angefreundet.

Und wir spielen dann zusammen. Oder ich erzähle ihnen, wie es in Groß-Vierfelde war. Als wir die Schlammpeitzker gefangen haben. Was ich noch fragen wollte, Großmutter Zumka, sind die Roggenfelder jetzt schon abgemäht, oder sind sie noch nicht gelb genug. Auch spielen wir oft Greifen mit den fremden Kindern. Was ebenfalls viel Freude macht. Oder wir spielen auch Verstecken mit den Kindern. Oder wir spielen …«

Während er schrieb, hörte er, wie jemand in seine Stube trat. Er dachte erst, dass es der Vater wäre, der ganz leise kam, um ihn nicht aufzuwecken. Und Karlchen Duckdich wollte ihn gleich fragen, ob er den Löwen schon gesehen habe. Und er wollte sagen, dass er nun einen Brief an Großmutter Zumka schreibe.

Aber es stand Kristina an der Türe.

Sie war barfuß, sie stand in ihrem langen Nachthemd und sah ihn fragend an.

»Du sollst doch schlafen«, sagte er, und er wollte nun gehörig mit ihr schimpfen.

Aber das Mädchen sagte: »Karlchen, gehen wir morgen wieder zu den Frauen, die verzaubert sind?«

Das verstand er nicht. Und er wollte sagen, dass die Frauen ja doch nicht verzaubert wären.

»Nicht, Karlchen, wir gehen wieder zu den Königstöchtern?«

Er sah sie schweigend an und dachte: Ach, Kristina! Und dann war er sehr froh darüber, dass Kristina dort an der Türe stand und dass sie seine Schwester war. Er wusste, wie eigenwillig sie oft war und dass er sich manchmal über ihre Fragen sehr ärgerte.

»Und dann, Karlchen, gehen wir wieder in die Dolomitenstraße.«

Und er dachte einen Augenblick, dass er sie sehr gerne hatte. Und er wollte auch nie wieder mit ihr schimpfen.

»Sag, dass wir wieder in die Dolomitenstraße gehen!«

»Ja, Kristina«, sagte er.
»In die Dolomitenstraße!«
»Ja, in die Dolomitenstraße. Aber jetzt musst du endlich schlafen«, sagte Karlchen Duckdich.